El erizo

Gustavo Roldán

Nada por aquí.

Nada por allá.

¡Nada para comer!

¡Nada bueno
que llevarse
a la boca!

«Si no encuentro algo
de comer, me voy
a morir», pensó el erizo.

Buscando,
buscando.

Caminando
y olisqueando,

su hocico se topó
con algo interesante.

—¡Epa!
¡Qué ricas se ven
esas frutas!

Pero están demasiado altas
y los erizos no sabemos trepar.

—¡Eh,
pájaro!

¿Podrías bajarme una
de esas sabrosas frutas del árbol?

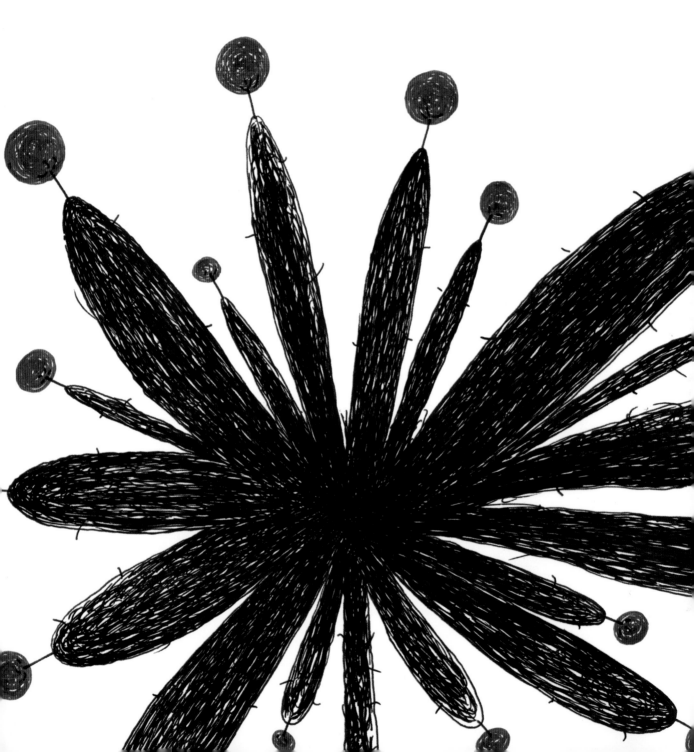

—Podría, sí,
pero prefiero comérmelas yo.

Tris

Tris

Tris

El pájaro
levantó el vuelo.

Al erizo se le hizo
agua la boca.

Al menos pudo entretenerse
masticando algunas semillas
que se le habían caído al pájaro
mientras picoteaba las frutas.

Decepcionante.

Todo muy triste.

—Hola, jirafa.
¿Podrías, por favor,
bajarme una de esas
frutas del árbol?

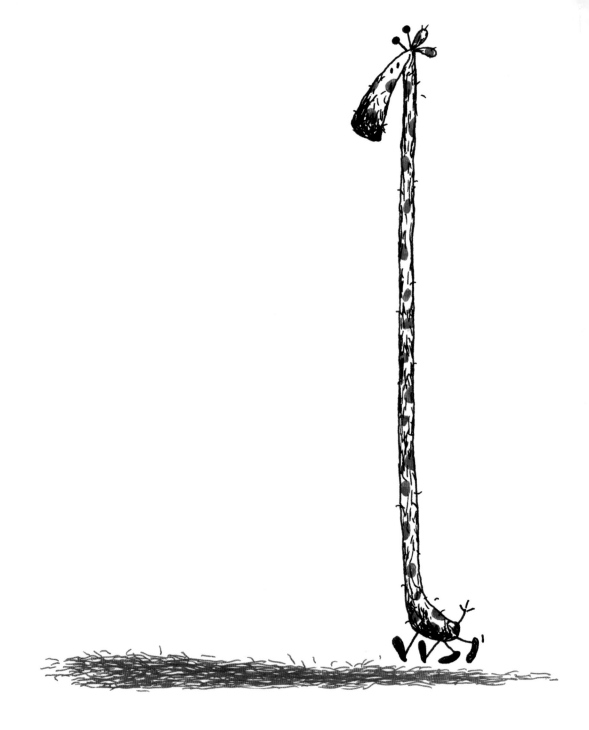

—Mmmmmm...
¡Están riquísimas!

Lástima que no
pueda quedarme
a comer.

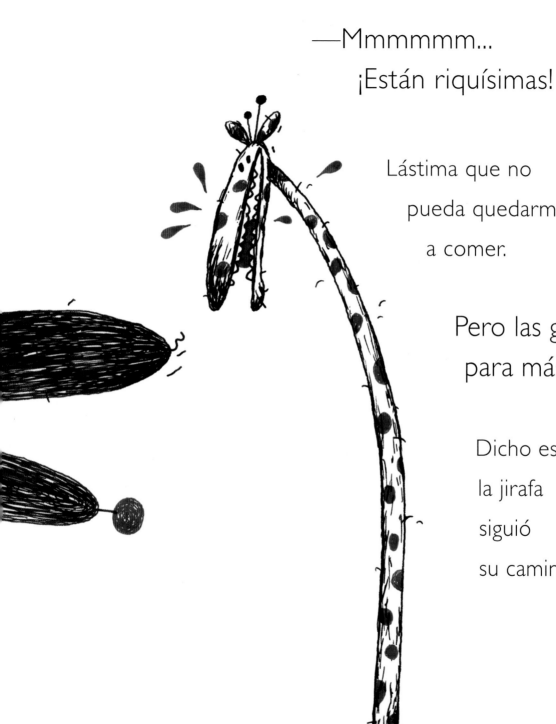

Pero las guardaré
para más tarde.

Dicho esto,
la jirafa
siguió
su camino.

Entonces, el erizo comprendió

que tenía un problema.

¡Tanta comida
tan cerca y no poder
hincarle los dientes!

Y se puso a pensar.

Pronto se presentó
una nueva oportunidad.

—Hola, elefante.
¿Eres tan listo como dicen
que son los elefantes?
—preguntó el erizo.

—Tan listo y mucho más.

—¿Puedes hacer así
con la pata y contar
hasta tres dando
golpes en el suelo?

—¡Claro que puedo!
¡Mira!

El suelo retumbó,

pero no fue suficiente.

—¡Otra vez,
elefante!

Pero cuenta
hasta cuatro
con dos patas.

Esta vez
tampoco pasó
nada interesante.

— ¿Y serías capaz de contar hasta ocho con las cuatro patas al mismo tiempo? —le desafió el erizo.

Esta vez,

la tierra tembló

como en un terremoto.

El árbol fue sacudido como

en un tornado

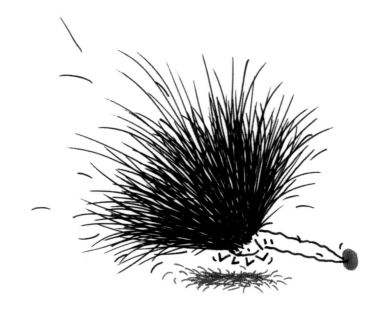

POF

y las frutas cayeron
como una lluvia.

—¡Magnífico!

—gritó el erizo
ante su rozagante
montaña de frutas.

El elefante tomó
tímidamente una fruta
con la trompa y se la comió.

Después se despidió,
y se llevó otra
para el camino.

Entonces, sí.

El erizo zampó

tanto como pudo.

Hasta no poder más.

Hasta caer rendido,

dispuesto a dormir una

larga, larga,

larguísima siesta.

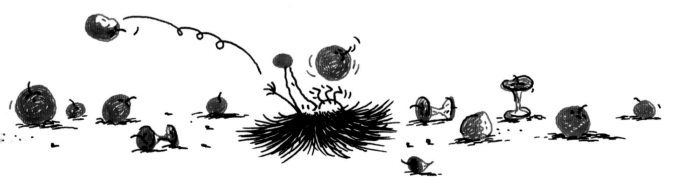

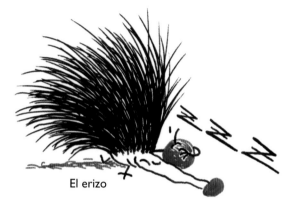

El erizo

Segunda edición
© 2007 Gustavo Roldán (texto e ilustraciones)
© 2007 Thule Ediciones
C/ Alcalá de Guadaira 26, bajos, 08020 Barcelona

Diseño y maquetación: Jennifer M.ª Carná Esparragoza

ISBN: 978-84-96473-63-8

Impreso en China

www.thuleediciones.com